凝微 著 妍舞 繪

-番外-

花 藏 的 秘 密

目次

【秘密一　花】

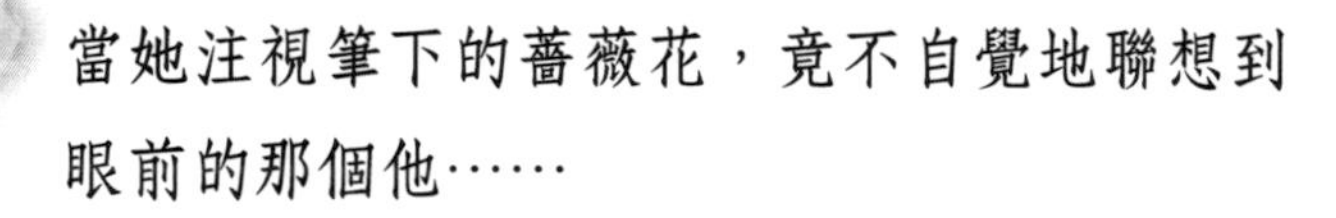

當她注視筆下的薔薇花，竟不自覺地聯想到眼前的那個他……

她喜歡畫畫。

「欸，妳畫這什麼？要當漫畫家喔？」

「漫畫家不是都很肥宅嗎？」

「妳看起來真的很有漫畫家的感覺喔，哈哈哈哈哈！」

卻總是因為身材，被班上的臭男生罵肥宅。

她明白自己的脾氣太好，這些傢伙也不曉得這種話會傷到人，所以他們總是肆無忌憚地講。

可是，她其實很不喜歡被這樣對待。

午休時，她獨自一人拎著筆記本，煩悶地走到美術教室。今天她又被消遣了，想在班導不在的情況下，發揚光大她的小叛逆。

不過，她發現教室裡面已經有人了。

那人的髮像墨一樣黑，低斂的眸子彷彿靜止的畫，她有那麼一刻覺得熟悉。

忽然，那人抬起頭來。

「啊！」她驚呼。

是韋司宸。

隔壁班的風雲人物！

「呃……」他肯定不認識自己吧，要打招呼嗎？

不對，隨便挑一個位子坐下就好。像那種帥哥，才不會想聽她的問候。

她做好心理建設，才跨出幾步，連忙想起一件事。

會不會他根本希望自己滾蛋？

她還記得一年級時的慘況。那時候她喜歡上同班的一個帥氣男生，對方卻很明確地跟她說，有她的空間他一秒都不想待。

她是真的哭慘了，還順便把那傢伙畫進漫畫裡狠狠虐一回。

帥哥嘛，肯定不會想跟宅妹處在同一個空間的。果然，她今天還是乖乖回去睡覺好了……

「……妳不坐下嗎？」

忽然，略帶磁性的聲音從前方傳來。她愣著抬頭，韋司宸那雙黑眸直直盯著她。

「呃、我……」她好半天才找回自己聲音，「我、我不會打擾到你嗎？」

「這裡是公共空間，怎麼會打擾？」他雖是反問，溫柔的聲音卻讓人聽著很

舒服，「妳不必在意我，坐吧。」

「喔！好、好的！」

跟這樣的天菜說話難免緊張，她抱著筆記本跑向教室後方，選了一個很邊緣的位子坐下。

然後，她發現自己的手心在冒汗。

「……」

可惡，她肯定是漫畫看太多了，他們不會有什麼神展開的啦！

她不斷告誡自己，完全沒發現韋司宸已經起身走向她。

「……妳的筆掉在我桌子旁邊。」他說。

「欸？」她的心臟差點被嚇出來，「不、不好意思！謝謝你。」

「不會。」面對她的無措，韋司宸還是一樣從容，但這一回，黑色的眸光閃現不一樣的色彩。「……妳畫漫畫？」

「唔？」她這才發現筆記本在她慌亂的時候被整個攤開了。「啊，對……」

「很厲害。」

此話一出，她抬眸看他，微冷的眼中摻雜幾分讚賞。

「是很有水準的作品。」他又說。

韋司宸沒等她反應，以優雅的步伐走回座位上。望著他的背影，她忽然感覺到一種渴望，希望能抓住話中的微弱溫度。

「你、你呢？」

「嗯？」韋司宸慢慢回了頭。

「你都在畫什麼？」

而她豁出去的詢問，幸好得到了回答，「我畫香水瓶。」

「咦？香水瓶？」

韋司宸將他正在畫的設計圖展現給她看，讓她看得目瞪口呆。

「睡不著，就先利用時間把這些東西完成了。」

「……是要參加什麼比賽嗎？」

「不，這是家裡要的東西。」他沒有說得很明白，「我正在研究香水瓶的設計。」

哇……

她雖然不懂，但看那圖的架構，起碼也是商業用的作品啊……

「你好厲害。」她發自內心地說。
「妳也不差。」聽了，他輕笑。
那聲低笑牽動了她，煩悶的心情彷彿一掃而空。
原來，韋司宸是這樣的人。
原來……
她低頭望向自己的作品，拿出代針筆，開始處理沒畫完的稿。昨天她才打好這張主角走入花園的草稿，還有很多地方沒完成，不過……
她抬眼，對方溫潤優雅的背影映入她眼簾。
「……好像啊。」
「嗯？」韋司宸聽見她的聲音，困惑回頭。
「啊，沒事、沒事。」
她也不曉得自己為什麼要這麼說。
只是，當她注視筆下的薔薇花，竟不自覺地聯想到眼前的那個他……

薔薇鄰人
花藏的秘密

【秘密二　心不在】

他後續的話散在風裡，她沒有聽見。
但是，她卻彷彿能感受得到他的黯淡。

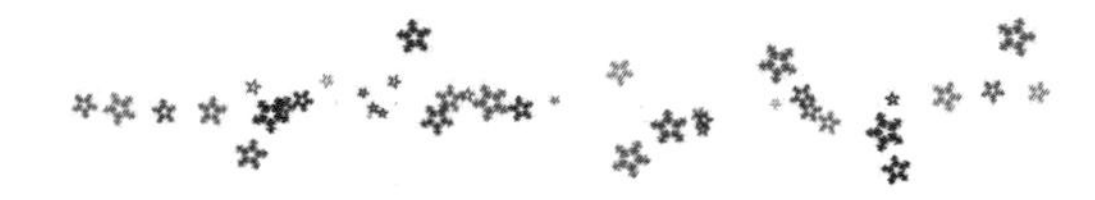

她第一次認識那個傢伙，是在聯誼的時候。

「蕎英，換妳了！」

「咦？喔。」她意識到自己在發呆，連忙上前抽籤。

又是差不多的把戲，照理說她應該要覺得無聊才對。

不過，她發現有人比她更無聊。

在靠近拿著籤筒的主辦人時，她發現對方的臉上殘留一絲疲憊。直到她嬌小的身影在他眼前罩下，他才連忙擠出像太陽一樣明朗的笑容。

「來，抽一個。」他笑。

一向懂得察言觀色的她，立刻看出那是營業用笑容。就跟她經商的爸爸一樣。

蕎英伸進籤筒裡，摸了一把鑰匙出來，當骷髏鑰匙圈在大家眼前亮相時，她明顯聽見起鬨的聲音。

「喔喔！蕎英賺到了，抽到系草耶！」

她呆一下，轉頭望去卻發現那位傳說中的系草有那麼一秒的失望閃現而過。

明白啦，她是不差，但那位還沒抽鑰匙的本系系花肯定比較吸引他。

「喂喂，你這麼說把我們的主辦人放在哪裡啊？」有個男生打斷起鬨的人，笑望拿著籤筒微笑的大男孩，「咱們涂靖祐可是迷倒千萬女性的流音社社長欸！」

主辦人叫涂靖祐？喔，她依稀記得這名字，在學校算是非常有名的人。聽說他的歌藝一流，不過她比較在意的是他的營業式微笑。

看起來就跟她一樣，不是很想來？

熱鬧一陣後，大家開始尋找鑰匙的主人，她卻發現理當是自己司機的「系草」總是圍著系花打轉，在她覺得生無可戀時，提醒她抽籤的朋友蹭了過來。

「欸，妳聽說過系花沒有？」

「不就是隔壁班的嗎？」

「對啊，但她換男朋友簡直像我們每天考慮要吃啥一樣，一下子就換了。這次也是，明明有男朋友還來參加聯誼，然後一直貼著系草不放。」

「……」但系草好像也樂在其中呢。

「這種女生，應該就叫做……」

「叫做什麼？」

「……花蝴蝶？」說完，朋友丟給她八卦的笑，「不覺得嗎？」

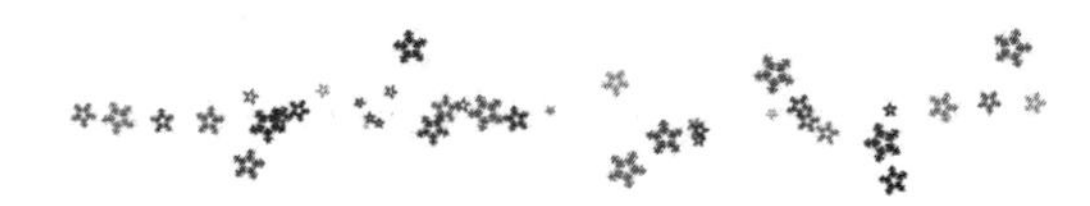

她是不覺得那有什麼，說到底，這些人沒關係就好了，也不關她的事。

她斂下眸子，呼口氣，懷著既然都來了就好好參加的心情，一步步走向傳說中的系草。

「嗨！」

她把那串鑰匙給他，對方馬上接下，但眼中像是有千言萬語不能說。

「欸，同學……」比他大一屆的系草，眼神鬼鬼祟祟，猶豫千百回後還是開了口：「妳覺得那個男生怎麼樣？」

她愣一下，「啊？」

她望向那傢伙示意的方向，一個看起來像呆頭鵝的男生人在機車上，但他後座坐的系花就已經足夠讓他變成人生勝利組。

「吶，那男的不錯吧？他功課好，又專情，家裡還是經商的，很有錢。」

系草嘰嘰喳喳地說，也不管她愈來愈困惑的臉。

「身高看起來跟妳也挺配的，我是覺得他人不錯啦！在系上他也有滿多女生喜歡的……咳！」他那八成就是心虛的語氣聽在她耳裡簡直詐欺，但他還是堅持騙下去：「怎麼樣？他說對妳滿有興趣的，要不要換個司機？」

「嗯？搭檔是能換的嗎？」她一臉不相信。

而且見鬼了，他哪裡看起來是對她有興趣？分明對系花笑得興高采烈我最爽的樣子。

「其實不行，但跟涂靖祐稍微講一下應該可以，成人之美嘛。」他把那張帥臉笑得歪七扭八。

成人之美咧，他是想成自己的美吧？不過，她也一點都不想跟這傢伙同車了。系草看起來很受歡迎的樣子，跟那位抽到系花的系邊不一樣，八成只要系草一去講，系邊也沒辦法說不。

「……有時候，世界就是這麼現實。」她喃喃自語。

「嗯？妳說什麼？」系草沒仔細聽她說話。

「沒事！」蕎英換上一張甜美笑容，「嗯，我是沒什麼關係，你想換搭檔的話就去說看看吧？」

「哎唷，也不是我想換搭……」他搔頭說到一半，發現有幾個男生也學他正在私下商量換車，他連忙拉著蕎英往涂靖祐的方向走。

「涂靖祐！嘿嘿，我跟那個蕎……蕎……」

她被拉得手很痛，見系草竟然還叫不出她名字，她忍住白眼衝動，溫柔對涂靖祐一笑：

「他想換搭檔。」

這五個字蕎英說得很大聲，周遭的人都睜大眼睛看他，他連忙陪笑：「不、不是啦！她說是坐不慣我的檔車，所以我跟洪瑋的搭檔換一下應該沒問題吧？我跟他商量過了。」

被點名的洪瑋很錯愕，往車上的系花一看，對方的喜形於色令他目光黯淡。

「是吧？我們剛剛不是討論過嗎？」系草的笑容耀眼，卻讓她覺得刺眼。

「……」

她沒想過他會以這種銃康人的方式換搭檔，正覺得有點後悔時，一直沒說話的涂靖祐開口了。

「這樣吧！洪瑋你一樣載婉婷。」

洪瑋驚訝地抬頭，但系草看起來更錯愕：「等等，我剛就說了蕎英她不喜歡檔車……」

「蕎英我載，這樣就解決了。」說完，涂靖祐示意她跟他走，「走吧！大家

別耽誤到時間，餐廳有訂位。」

涂靖祐的聲音總是讓人信服，也沒人想繼續打歪腦筋，但蕎英在上了涂靖祐的後座時，恰巧撞見系草緊繃的臉。

那一秒，她有點幸災樂禍。

到了餐廳，蕎英正好坐在主位旁邊，聽她朋友繼續八卦系花的事情。她百無聊賴，轉了轉咖啡杯的攪拌棒，在浮爍漂亮光澤的倒影中看見從她隔壁坐下的身影。

「涂靖祐，你點好餐了啊？」朋友其實跟他算熟，隨意招呼他。

「嗯，這家店不錯，之前跟朋友來過。」他笑了笑，目光不經意地撞上蕎英的，卻很自然地開口：「對了，很抱歉我沒有宣導規則，讓妳看了一場笑話。」

「咦？」

她一時聽不懂，涂靖祐淡然解釋：「聯誼這種東西，參加的人本來就是想多交朋友。不過，要是只有固定的對象想認識，那也很麻煩。」

蕎英總算明白他在說誰，朋友也跟著接話：「是啊，竟然還想換搭檔，有想過蕎英其實也很不想跟他同車嗎？」

「這我倒是有從妳的眼神看出來。」涂靖祐忍不住看著她笑。

「蕎英就是這樣，什麼都寫在眼裡。」朋友自顧自替她說：「不過，也很容易轉換情緒，來得快去得也快。」

「喂！妳也說太多了。」她有點懊惱地打斷她。

「啊，不過系花也差不多啦！根本就是一隻花蝴蝶。」

朋友笑著望向坐在另一桌的系花，蕎英卻留意到涂靖祐的表情多了一些變化。像是緬懷，又像是在抵擋什麼。

「……」

不知道是不是她的錯覺，她總覺得他的心根本不在，卻硬要把自己留在這裡。

這一次的聯誼其實沒有安排太多行程，吃吃餐廳、看看夜景也就結束了。回程的時候，蕎英還是坐在涂靖祐的車上，望著他可靠背影，她忽然感覺到一種違和感。

「對了，妳會冷嗎？」前座的涂靖祐忽然回頭，帶著笑意問她。

「喔！不太會。」現在是夏天嘛。

「雖然是夏天，但畢竟也是晚上，我車廂裡的外套還是借妳披著吧？」

她望了下露在短裙外的大腿，深深覺得他很會照顧人。

「謝謝你。」她還是接受了。

「不會。」他繼續騎車，在下一個紅燈停住，隨口問：「妳來聯誼的原因是什麼？也是想交朋友嗎？」

「嗯……我記得你在餐廳的時候不就這麼說嗎？」

「哈哈，因為我覺得妳好像不是很樂在其中。」

有被他看出來啊？薔英不自覺露出笑意，「……我倒是覺得彼此彼此哦。」

涂靖祐似乎透過後照鏡看了她一眼，「什麼意思？」

「意思是，你雖然是主辦人，但似乎也不是很想來。」

「哈，或許是因為我沒有心思社交吧……」

綠燈了，他後續的話散在風裡，她沒有聽見。但是，她卻彷彿能感受得到他的黯淡。

會是跟女朋友有關嗎？

啊，她記得涂靖祐似乎有在上一屆的歌唱大賽鬧過一件事……是什麼？她記不得了。

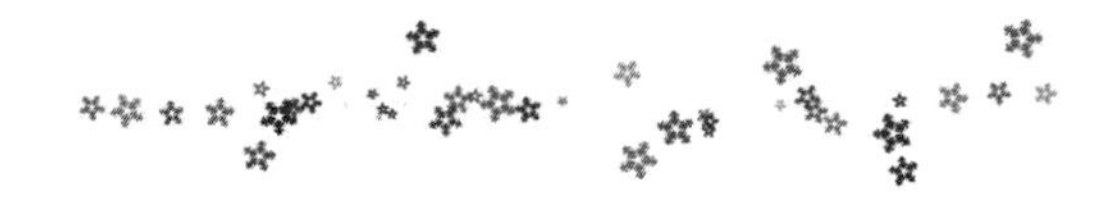

「妳呢？也是懶得社交嗎？」他問。

「不！我只是沒興趣而已，硬被朋友拉來參加。」

「我的確也有感覺到妳的心不在這裡。」

「欸？那麼明顯嗎？」

他沒有馬上回答，直到送她回宿舍時，才脫下安全帽對她明朗一笑。

「妳朋友不是那麼說嗎？妳什麼都寫在眼裡，我也是這麼覺得。」

他的聲線透在風裡，就像她的雙眼一樣，有著能被理解的溫度。

「那我走了，有機會再聊吧！」

「路上小心。」

蕎英看他消失在夜中，忽然想起他時常掛在嘴邊的笑容。然後，成了一把盪漾在靜謐中的微弱聲音。

「……你不也什麼都寫在笑容裡嗎？」

而她，雖然並不了解他，卻開始替他期望。有一天，那抹笑顏能真正明朗。

【秘密三　上心】

正如今日都還沒結束，卻先迎來了微弱的想念……

「涂靖祐！恭喜你喔。」

獨自待在社辦的涂靖祐困惑地抬頭，這才發現是花雪築站在門外。

「嗯？恭喜什麼？」他手上還拿著麥克風，看她一步步向他走來。

「恭喜你當上社長啊！」她甜甜地笑。

啊，原來是這件事，「謝謝，不過也沒什麼了不起的，就是學弟妹拱我上來而已。」

「咦？你也太小看自己了。」

「是真的，我覺得有很多人比我更適合。」涂靖祐笑了笑，「但既然都當了，就還是盡力試試囉。」

雪築笑著不說話，也開始幫忙他收拾東西。涂靖祐看看她，隨口說：「妳沒課嗎？」

「喔，下午有。」

「那妳可以先回宿舍休息，這裡我來就好。」

「我記得你也有課啊。」

「是沒錯，不過我是社長嘛，何況收這個也不會花很多時間。」

「呵，才怪。」

雪築輕盈的聲音使他抬頭，對方的眼中盡是柔軟笑意，「你還不是社長的時候，就已經自願包辦很多事情了。所以說，你能當上社長，根本就不是什麼學弟妹隨便拱你上來，而是他們都有感覺到你的付出。」

當涂靖祐看著一向活潑的她時，發現她竟也有這麼溫柔的笑容。

「你其實，比想像中更受大家信任喔。」

「……」

不知道為什麼，他有那麼一刻不敢直視她。

涂靖祐別開視線，下意識勾起嘴角，「……是嗎？謝謝妳。」

「那，我先回去了！」

雪築拎起包包，而涂靖祐再次望向她，撞上那充滿活力的目光。

在這之前，他所認知的花雪築，其實就只是一個人緣很好的學妹，身旁的男友常常換，有一個「花蝴蝶」的封號。

不過，這一刻，他很明顯地感受到了對方的善解人心。

他或許明白，為什麼會有這麼多人為她著迷了。

「好，再見。」

「嗯，再見！」

明明是一如往常的問候，他卻開始希望能盡早實現。

正如今日都還沒結束，卻先迎來了微弱的想念……

【秘密四　傻孩子】

當他聽見那個名字時，清朗的眉染上陰雨，
像是把痛苦揉進眼底。

他的後腳在顫抖。

即使他的目光晶亮，看起來像是一點事也沒有，微微扭曲的後肢還是提醒了我一個事實。

「小杏今天吃得有點少喔……」

我的「他」，名叫小杏，是一隻米克斯摺耳貓。

雖然我老公常說，小杏明明是一隻公貓，我卻幫「他」取了個這麼女孩子氣的名字。

但我也常常反駁他，說小杏一天到晚萌氣側漏，分明就比身為女孩子的我自己還可愛！

這他就同意了，雖然他那麼乾脆地承認貓咪比我可愛……我內心是有點複雜啦，不過，從我們領養小杏的那一天起，來看過貓咪的人沒有一個不說可愛。

瞧他水汪汪的眼睛啊，還有毛茸茸的小肥臉，和那硬要比其他貓咪多上一圈的肥肉腰包……

「喵……」小杏軟綿綿地出了聲。

唔，奇怪，我明明不想哭的。

「喵……」

小杏緩慢地走了過來，卻拖行著那雙後腿。我隨意地往臉上一抹，對他露出笑容：

「怎麼了？小杏終於餓了嗎？」

小杏的雙瞳依舊清澈，但他的樣子告訴我，是我想多了。

我斂下眸子。

「……還是，明天再帶小杏去看醫生好了。」

「妳還要帶他去？」

我回頭，對上男人的深沉目光。那一向溫柔的眉眼裡，竟出現一絲不耐。

「是、是啊！怎麼了嗎？」他的態度讓我困惑。

這個男人叫韋司宸，是我老公。我們結婚三年，兩年前一起領養了小杏，兩個人都非常疼愛他。

「……我們已經花太多時間和金錢在小杏身上了。」他低聲說：「一開始我就跟妳說過他是摺耳貓，真發病的話很難照顧，也負擔不起。」

「怎麼可能負擔不起！」

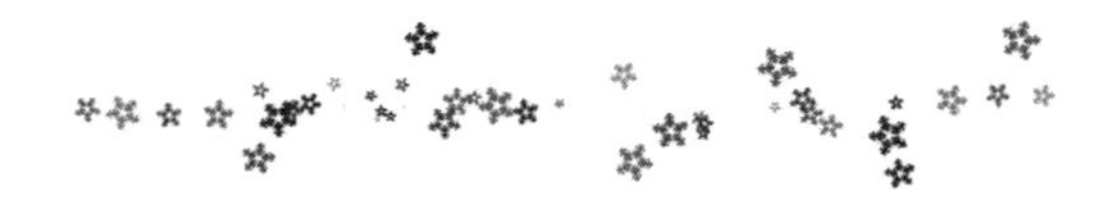

我不禁大喊。我不明白，他明明是溫柔的人，怎麼可能會說出這種話？

「花——」

「小杏，過來吧。」我固執地說。

雖然不知道韋司宸今天怎麼了，但我還是不高興。抱著小杏，我轉身閃進房間裡，把門關上。

「喵……」

「……乖，媽媽會帶你去看醫生的。」

我摸摸他，感受著小杏的溫度，彷彿，這樣才能確認他還在我身邊。

傍晚，韋司宸有事出門一趟，我也沒多說什麼，只忙著在電腦前查資料，看看還有什麼我能為小杏做的事情。

摺耳貓……

我知道，這代表基因缺陷，發病的機率很高。

只是，我沒想過來得這麼快。

「啊啊，明明都有給你吃保健品的……」

抱歉，是我照顧得還不夠周到吧？

我閉上眼，懊悔至極。

忽然，背後傳來奇怪的聲音，像是有人在捲動被子。我愣了一下，睜開眼，往小杏的方向看過去——

一個小男孩坐在床上，純真的目光直盯著我瞧。

「……」

「……媽媽！」

「……！」

我整個人從椅子上跳起來！

指著那傢伙，我的指尖不停顫抖：「你、你是……」

「媽媽，不認得我？」小傢伙似乎傷心了，「我是小杏。」

「啊……？」

客廳中，我用戒慎的目光看著自稱小杏的怪傢伙，也不許他接近我一步。

是啊，我怎麼找都找不到小杏。

是啊，這傢伙頭上有貓耳朵呢。

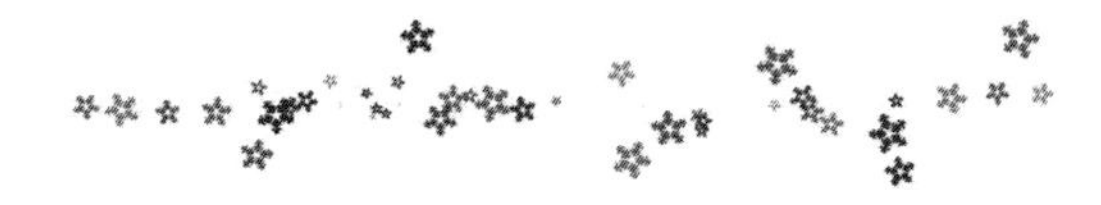

可是、可是……

「可是這不對勁吧！」我仰天長嘯。

韋司宸呢？對，我先打給韋……

「媽媽！」他忽然阻止我，一個箭步衝到我懷中。

我還沒有「他就是小杏沒錯」的心理準備，腦子一瞬間亂哄哄。

「先不要叫爸爸……」

我愣一下，「唔？」

他的瞳孔，流露這兩年來從未變卦的單純，「怕爸爸不喜歡我了……」

可，卻單純得教人心疼。

我握著手機的手僵了僵，好一會兒，輕輕環住了他瘦弱的身軀。

或許呢，或許他真是小杏沒錯……

「……不會，他不會不喜歡你。」

「真的嗎？」他抬眼看我。

「當……」

當然不會。

可是，韋司宸早上為什麼要那麼說？

沒多久，紗窗的另一邊就響起了開鎖聲。我呆了呆，抱著小杏的手還沒有反應，他微弱的聲音卻已在耳邊清晰。

「媽媽，對不起。」

「……小杏？」

「對不起，生病了。」

「對不起，害妳跟爸爸吵架。」

他受傷的言語鑿開了心，我睜大眼，想跟他說清楚，卻見小杏在下一秒變回了貓咪。

一眨眼，他就逃回房間！

「小杏！」

「……小杏怎麼了？」韋司宸踏入家門，不解地問。

我沒回答就追了過去，急著想告訴小杏我們不是那樣想，卻不小心絆到了腳——

身後的男人大吼：「小心！」

那一刻，我跌進溫柔的懷抱。

眨了眨眼，四周卻全變了。

奇怪，我本來就躺在沙發上嗎？

「……妳醒了？做惡夢嗎？抖那麼一下。」韋司宸從背後環抱著我，輕柔地問。

「惡夢？」我愣一下，隨即坐起身，「……小杏呢？」

當他聽見那個名字時，清朗的眉染上陰雨，像是把痛苦揉進眼底。

「妳不記得了？」

我望著他，撕心的疼痛忽然從腳底爬了上來。慢慢地、慢慢地……

不對。

小杏，上禮拜就離開了我們。

明明，是我親手把他最愛的鈴鐺放在長眠的他身旁。

明明……

「妳啊，這樣子小杏看了也會不捨的。」

韋司宸那麼愛他，怎麼可能對他厭煩？

「薔薇大哥，我問你喔。」

把我剛才做的夢告訴他，我再度開口。

「嗯？」

「小杏他……會不會覺得自己的病為我們帶來痛苦？」

他愣了一下，濃郁的目光轉淡，「……我想，他多少是會那麼想的吧。」

「嗯……」

「畢竟他是個溫柔的孩子啊。」

「哈，好像可以想像得到他的表情呀。」

小杏，你的確是個傻孩子呢。

還有，如果夢裡的傢伙真是你……

「要好好聽清楚喔。」

望著小杏的照片，我低聲輕喃：

「我們從來，都沒有不愛過你。」

【秘密五　新春繾綣】

她頰上淡色的溫柔彷彿繾綣花季，初櫻綻放。

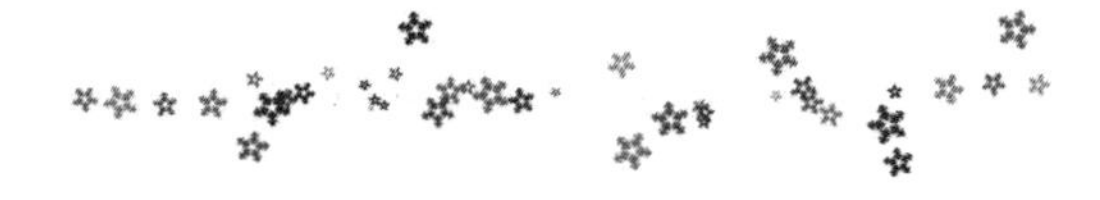

「薔、薔薇大哥，小力一點啦！」

她紅著臉，坐在床上任他宰割。他的目光流連，注視她被睡衣輕輕包裹的肩，忍不住彎起一弧綿延笑意：

「這句話……聽起來似乎不大對勁喔？」

花雪築臉又更紅了，「我、我的意思是！按摩小力一點啦。」

聽了她細如蚊蚋的聲音，韋司宸加深了手中力道，惹得她不停哀叫。

「小力的話就沒有效果了。妳看，明明才工作一年多，肩膀竟然已經僵硬成這樣。」他撥開她後頸的髮，冰涼指尖擦過她肌膚，害得她瑟縮一下。「該說妳太認真嗎？還是，我派太多工作給妳了？」

「不會！」她連忙搖頭。雖然背對著男人，但她在心中想像他的寵溺臉孔，忽覺幾分心疼。「薔薇大哥的工作已經夠多了，我多分擔一點也沒有關係啊！何況，我只是你的助理，大部分的事都幫不上忙。」

的確，她學得還不夠多，但……

「誰說妳幫不上忙了？」

她一愣，下一秒被他從身後牢牢擁緊，「妳不也常在辦公室替我按摩、倒茶、燉熱湯嗎？有這麼賢慧的老婆在，妳說我還會累嗎？」

「唔，我還擔心你喝不習慣呢……」

他輕觸她滾燙臉頰，低聲說：「是妳還不習慣『老婆』這稱呼吧！花蝴蝶。」

她轉過身看他，而男人捧起她一綹髮絲，零星的吻落在她髮間：

「第一次在我家過年，感覺如何？」

「你爸媽都對我很好，不過，我還是有點緊張。」她抿唇。

「怎樣才比較不緊張？」

雪築轉眼就撲進他懷裡，不讓他深邃的眸窺視自己。

「……有你在的時候。」

那模樣深深入了他的心。

他往前傾，讓她倒入柔軟床鋪。一眨眼，就成了她整片天空。

她頰上淡色的溫柔彷彿繾綣花季，初櫻綻放。

「花蝴蝶。」

「唔？」

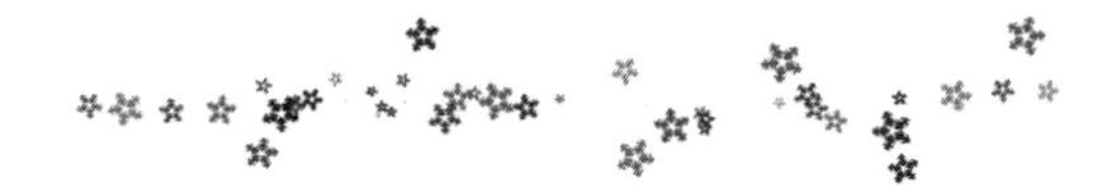

「晚一點，再幫妳按一次摩吧。」

在新年的夜裡，他深意的笑融入冰涼春色。

「那、那個……」

她望著鏡中的自己，身上只包了一條白色浴巾。沒有回頭，她卻能透過那片璃光看見身後男人的深沉笑意。

「為什麼要跟進來？」她內心大爆炸，卻佯裝淡定。

「嗯？在宿舍的時候，我們不都一起洗澡嗎？」

雪築轉了轉眼珠子，「可是，這是你家……」

他輕聲猜測：「妳介意我爸媽在？」

「唔……」她支吾。

韋司宸撩起她髮絲，替她解下銀色的鎖骨鍊。這個動作，引得她耳畔一片緋紅。

「這裡是我房間，我媽和那老頭不會知道房間裡發生什麼事，放心吧。」

「……」聽男人這麼說完，她反倒更不放心了。

「所以，」他黑眸中閃過一絲危險，卻仍等候她允許，「我可以脫衣服了嗎？」

「請、請吧。」然後她要把眼睛遮住了。

她一直沒回頭，在男人寬衣解帶時先調整水的溫度，後來，卻被他抓住拿著蓮蓬頭的手。

「我家的是按摩浴缸，試試看吧？」

「咦？」她忍不住回頭。

韋司宸輕笑，「我先放水。」

雪築退開一步，讓他把浴缸的水放滿。眼一瞥，她不經意看見他光裸的背，上頭凝結數滴飽滿的水珠，彷彿全溫柔地落在她眼裡。在濕潤空氣下，顯得冰滑透明。

啊！她要瘋了！她很少注意他的背，這一刻簡直要被閃瞎。

韋司宸顯然不曉得某人站在他背後垂涎。他看水溫差不多了，就先叫她踩進浴缸。她一呆，好陣子才扭扭捏捏地褪下浴巾。

「花蝴蝶，妳緊張什麼？」他忽然從背後抱住她，輕輕枕在她肩上，「妳這

個樣子，像是我們才剛交往喔？」

「就算交往很久了，我還是會緊張嘛！」他被她抱得滿眶羞澀，「為什麼你都不會呢？薔薇大哥。」

「會啊！不過，與其緊張還不如更仔細看看妳的樣子。」

他話沒說完，但已將她攔腰抱起。往前走了幾步，韋司宸輕柔地讓她整個人泡進水中，並加了幾滴精油。

薔薇香瀰漫一室妖嬈。

浴缸前，他前傾給她一吻：

「妳看，這畫面不是很美嗎？」

她從水中倒影觸見自己的模樣。肌膚白美，面露微紅。

「……看起來很可口。」他目光一深。

【秘密番外　完】

薔薇鄰人
花藏的秘密

【讀者互動特企
真心話問與答】

薔薇的真心、蝴蝶的秘密，都不再被隱藏……

歡迎大家收看真心話問與答單元！也很高興每個人的參與。我就廢話不多說，請出咱們三位主角囉！（笑）

「希望不會有奇怪的問題……」雪築緊張地說。

「哎，看了一下，感覺有很多問題。」說完，韋司宸看了一下雪築，「花蝴蝶，結束後我們去喝下午茶吧！」

「真心話？」涂靖祐詫異地睜大眼，「我是無所謂啦，讓我趕上練唱時間就好。」

一、涂靖祐可以喜歡我嗎？

「咦？這、這麼突然。」涂靖祐搔頭，似乎有些靦腆，「不過，我們可以從朋友做起。」

二、花蝴蝶是涂靖祐的初戀嗎？

「又是我？」涂靖祐嚇了一跳。然後，才溫柔回答：「不是喔。但，雪築是我最喜歡的女生沒錯。」

三、韋司宸都去哪裡健身？我也要去！

「啊，妳想來嗎？」韋司宸優雅地笑笑，「沒問題啊！但，得先成為VIP才可以喔。」

您的VIP感覺意義不明呢……

四、

我也要薔薇大哥搬來我家隔壁啦！

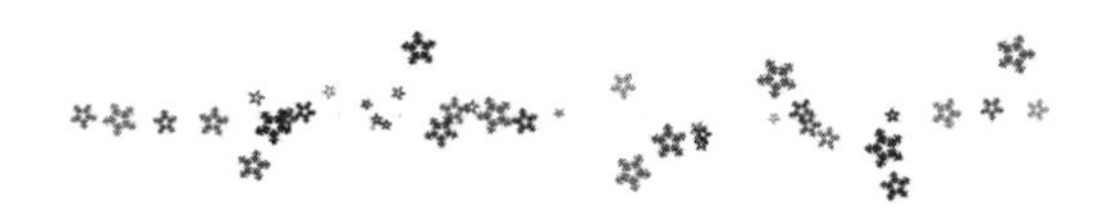

「這可能有點困難。」韋司宸望向身後的雪築，露出淡淡笑容，「畢竟，隔壁還有一隻花蝴蝶要照顧嘛！」

五、薔薇大哥身高幾公分？

「我？一八五。」韋司宸慵懶地望過來，「怎麼了嗎？」

六、花蝴蝶的初吻是甚麼時候獻出的？

「咦？怎、怎麼問這種問題！」她蹙眉，臉蛋稍微變紅，「……好啦，十八歲。」

七、涂靖祐是怎麼當上社長的？

「好像也沒特別選。」涂靖祐思考，「社員叫我上去當，我就當了。」

八、學校幾乎都是女生，男生裡沒有薔薇大哥這種型的，薔薇大哥快點出現在我們學校啦！

「我早就畢業了喔。」韋司宸無奈地笑，「不過，告訴我學校是哪間，我可以像贊助花蝴蝶的學校那樣，也贊助你們一下。」

九、

薔薇大哥，那把蝴蝶刀對你有什麼意義？

「蝴蝶刀？」韋司宸的眼神變深，「妳怎麼會知道那把刀？」

十、

花蝴蝶，有薔薇大哥這種鄰居有何感想？

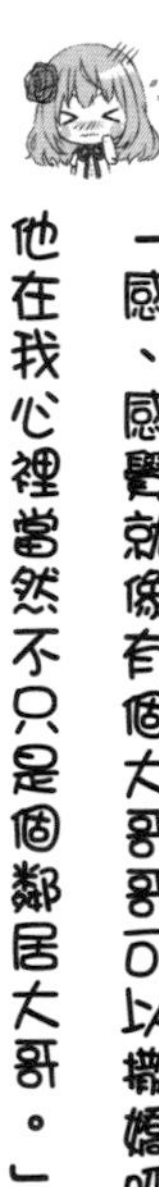

「感、感覺就像有個大哥哥可以撒嬌吧！」她靦腆地回答：「不過，他在我心裡當然不只是個鄰居大哥。」

十一、

涂靖祐，你愛花蝴蝶這麼久，好不容易交往結果是這種結局……還有辦法愛其他人嗎？

「其實也沒有很久啦，不過……」他露出釋懷的笑容，「人生總是要過。至於愛情，再看看之後的緣分吧！」

十二、涂靖祐，雖然你不是主角，但是我有很多話想說哦！你愛花蝴蝶這麼久，結果自己的付出並未得到想要的回報，這種感覺我了解……所以看到你的部分都很有感觸，希望你能勇敢去愛其他人，不要被既定的事實所困住！

「謝謝妳。」涂靖祐微笑，「不過，我並不是沒有得到回報。雪築需要的人不是我，這也是沒辦法的事。但，她也曾經帶給我一段美好的時光，所以，我不會再那麼難過。」

十三、韋司宸為什麼那麼喜歡抱人呢？

「我只喜歡抱花蝴蝶而已啊。」他輕笑。

十四、雪築為什麼不跟薔薇大哥再激情一點？

「別、別亂說啦！」雪築紅了臉。

「我是很想。」韋司宸似乎很難得地認真思考這個問題，「不過，花蝴蝶太可愛了，還是好好珍惜她吧。」

十五、為什麼選的是薔薇不是向日葵或是百合花呢？

薔薇美麗卻帶刺，跟薔薇大哥很像呀！雖然玫瑰也是，但我覺得比起玫瑰，薔薇更有一種優雅的感覺。

十六、我也想要跟薔薇大哥去游泳啦！六塊肌、人魚線！也想被薔薇大哥抱在懷裡啦！

「看來妳的心願很多喔！」韋司宸輕笑，「是可以去游泳。不過，要抱的話，還是先問問那隻蝴蝶吧。」

十七、韋司宸的前任女友是個怎樣的人？

韋司宸的表情不輕鬆，「我不想提起她。不過，現在妳應該已經知道她是怎樣的人了吧？」

十八、在想愛不能愛的時候，每一次抱住和吻雪築的心態、想法及感覺是什麼？

「管不住自己的感覺。」韋司宸思索一下，「即使知道應該怎麼做才對，卻還是做出相反的事情來。我想，這就是愛情讓人無法抗拒的證明。」

十九、雪築最喜歡韋司宸的哪點，然後韋司宸喜歡雪築的原因？

「很多耶！」雪築開始數著手指頭，「溫柔、優雅、體貼、帥氣、了解人心……唉，妳問我最喜歡哪一點，根本說不出來嘛！」

「都喜歡。」韋司宸簡單俐落。

「咦？」雪築臉紅。

二十、韋司宸你可以像條泥鰍一樣在我面前扭十分鐘嗎？不然我就把雪築打包走。

韋司宸挑眉，似乎覺得提問的人腦筋有問題。

忽然，他轉頭看雪築，「吶，花蝴蝶，妳現在像個美人魚在我面前扭十分鐘吧。不然我就把妳打包回家。」

「為、為什麼？」雪築震驚。

二十一、大哥小時候跟爸爸的相處方式是？

「那老頭很吵。」韋司宸只說了這一句。

「喂！臭小子！你怎麼可以忘記童年的快樂時光！」伯父暴走。

二十二、如果你有一個能無話不說的朋友，大哥覺得那會是怎樣的人？

「目前還沒有，不過……」他露出淺淺的笑，「如果有，那一定是能靜靜等我把心事講出來的人吧。」

二十三、前男友的名字是什麼？

「妳是問哪個前男友……」雪築的表情很苦惱。

二十四、大哥我來當你親妹妹吧！

「有個妹妹也不錯。」說完，韋司宸不以為然地望向遠方，「但妳可別像那老頭一樣吵。」

「臭小子！我到底是多吵！」伯父再度暴走。

二十五、靖祐，要放你所愛的那個人走需要多大的勇氣？

「對我來說，不需要。正因為愛得深，才愈是無法忍受感情中的瑕疵。當我察覺那個瑕疵，我就會放手。這是我的感情觀。」涂靖祐認真地說。

二十六、司宸，你的擁抱和回答代表你要鼓起勇氣了嗎？

「我的勇氣，是花蝴蝶賦予的。妳說呢？」韋司宸微笑。

二十七、雪築，你的初吻感覺是怎麼樣的？

「怎麼又是這種問題！」雪築抱著頭，「我已經忘記了啦！反正，很害羞就是了。」

二十八、薔薇大哥好帥哈哈哈，希望你能鼓起勇氣去愛人，雪築是個很好的女孩子，要好好珍惜並且幸福的在一起！

「謝謝妳。還有，我現在很愛花蝴蝶，而且會好好珍惜她。」韋司宸難得這麼正經地回答。

二十九、想問大哥跟爸爸小時候是怎樣相處的？想必應該是非常歡樂的吧？

「唉，這個問題已經回答過了。」韋司宸嘆氣，「反正，就是一個天才和一個糟老頭的生活。」

「韋司宸！」伯父已經爆炸。

三十、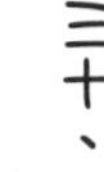如果豪門帥哥的爸爸都這麼友善就好了，那我一定奮不顧身的嫁進豪門！總之我也希望我家對面住的是像薔薇大哥一樣的極

品帥哥！還有雪築一定要好好對待大哥，不然我就要橫刀奪愛了！

「我爸並不友善，他只是一個色老頭罷了。」韋司宸淡然。

「……」伯父已經不想講話。

「嫁進豪門？對喔，好像很有壓力……」雪築開始思考自己的未來。

伯父突然有了精神，「不用有壓力啦！妳儘管嫁進來吧，如果司宸對妳不好，我再幫妳找個更帥的小開，像是我堂弟的兒子——」

「……嗯？」韋司宸笑得燦爛。

三十一、韋司宸喜歡吃什麼？

「花蝴蝶。」韋司宸真的很淡定。

三十二、靖祐喜歡雪築哪一點呢？

「我最喜歡她的可愛。」涂靖祐笑了笑，「不過，正確來講是優點和缺點都喜歡。」

三十三、雪築以後會去薔薇大哥的公司上班嗎？

「都已經在打工了，也不是不行……」雪築考慮中。

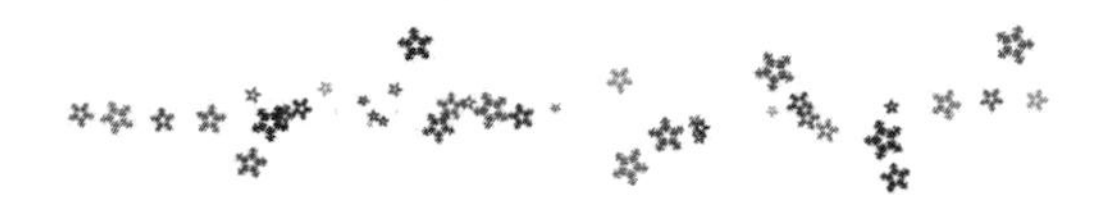

「來吧！等妳來，總經理的位子給妳坐。」伯父熱情地說。

「……」韋司宸挑眉。

三十四、

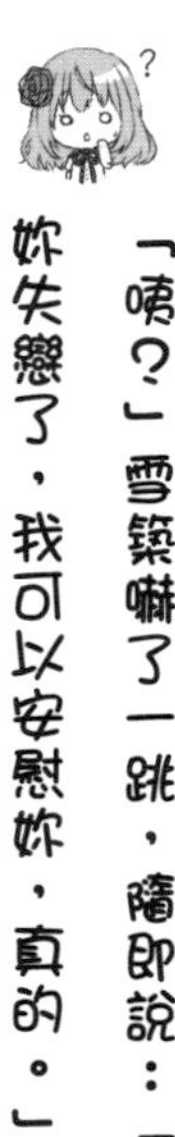

其實真的希望有薔薇大哥這樣的鄰居。因為如果是我，下大雨又失戀哭倒在宿舍門口，大概沒半個人鳥我吧？

「如果以後我跟花蝴蝶結婚，可以考慮搬到妳家旁邊，怎麼樣？」韋司宸微笑。

「咦？」雪築嚇了一跳，隨即說：「妳、妳不需要這種鄰居啦！如果妳失戀了，我可以安慰妳，真的。」

「喔，妳在吃醋嗎？」韋司宸笑得更深。

「……」

三十五、雪築的爸爸叫什麼名字？

「花爸。」雪築爸說。

「咦？」雪築轉頭看自家老爸。

三十六、薔薇大哥，你可不可以再請你爸生一個優質男出來？我也要帥哥鄰居啦！

「我可以跟花蝴蝶生一個出來。」韋司宸說。

「什麼啦！」雪築再度臉紅。

三十七、為什麼司宸你對感情要這麼矛盾、猶豫不決？

「唉，人總是有一些心結，無法輕易跨越。不過，感情也無法輕易被捨棄。做決定，真的很難。」韋司宸的目光悠遠。

三十八、為什麼靖祐你人這麼好，不求一下微微讓你上位嗎？

「上位？」涂靖祐嚇了一跳，「呃，但我和雪築本身就不適合吧！我沒有讓她想依賴的能耐。不過，這樣也好，至少我的心情變得輕鬆，她也能幸福。」

三十九、妳和司宸喜歡的東西都差不多嗎？

雪築思考，「喜歡的東西嗎？其實我不知道薔薇大哥喜歡什麼。」

「我喜歡妳啊。」韋司宸一臉理所當然。

「那、那我也喜歡自己……」雪築的聲音慢慢變小。

四十、涂靖祐你的星座和血型是什麼？

「巨蟹，O型。」涂靖祐乖乖回答。

四十一、涂靖祐，真的覺得你完全就是女人心中的男神，沒有雪築也沒關係你還有我啊！我真的很喜歡你！好想要有你這樣的情人！

「這麼直接的告白，讓我有點不知道該怎麼反應才好啊……」涂靖祐搔搔頭，溫柔地笑：「還是謝謝妳的稱讚，有機會可以去兜兜風。」

四十二、花蝴蝶你有沒有一個弟弟叫花柚子？

「那是誰……」她愣住，「我是獨生女喔！家裡只有爸爸和媽媽，還有我。」

四十三、該不會薔薇大哥的妹妹綽號叫百合，董事長爸爸的綽號叫玫瑰？然後薔薇大哥你要不要在雪築面前再多裸幾次啊！

韋司宸一臉無奈，「把我爸叫成玫瑰，也太高估他了吧。」

「裸、裸體？」雪築忽然遮臉，「我不敢看啦！別過來！」

「……我都還沒露耶。」

四十四、大哥小時候受過什麼創傷，所以現在個性偏執？

「小時候的創傷？大概就是那老頭害的吧。」

「你到底要詆毀我的形象幾次？」伯父又要生氣了。

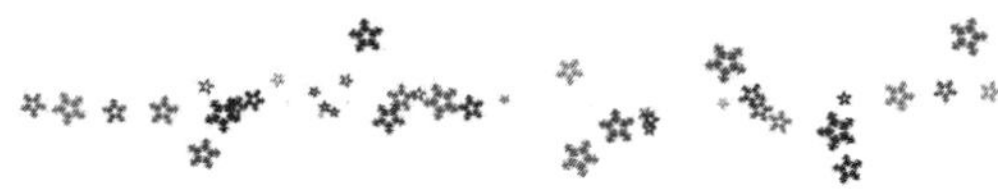

四十五、薔薇大哥是醋桶嗎？

「是。」雪築秒答。

「……」

四十六、雪築，薔薇大哥人這麼好這麼帥氣，妳怕不怕他被搶走？

「當然啊！那些女員工都一直偷看他，實在是太討厭了。」雪築氣憤。

「我覺得我比較需要擔心妳。」韋司宸默默地說。

四十七、要怎麼樣才可以遇到薔薇大哥這樣子的好鄰居？

「首先，世界上要有第二個像我一樣的人。」韋司宸微笑。

四十八、司宸你最喜歡的穿著打扮是什麼？

「其實沒特別注意。」韋司宸說：「不過，我喜歡穿輕鬆一點的衣服。」

四十九、司宸最喜歡的顏色？

「紫色。」

「難怪便利貼都是紫色的……」雪築咕噥。

五十、雪築你最喜歡吃的東西？

「蛋糕！」她笑。

「為什麼不是我？」韋司宸蹙眉。

五十一、雪築喜歡哪一種花呢？

「我本來喜歡櫻花，很浪漫。」雪築忽然臉紅，「但最近喜歡薔薇。」

五十二、雪築喜歡什麼樣的禮物啊？

「衣服吧！」她笑，「我喜歡打扮自己。」

五十三、雪築可以來當我的鄰居嗎？

「可以啊！」她親切地笑。

「不行，花蝴蝶是我的鄰居。」韋司宸淡然地拒絕。

五十四、伯父對雪築有什麼看法？

「終於有人問我了！」伯父看起來很高興，「雪築嗎？她真的很可愛，一定會是個好媳婦。唉，改天叫司宸趕快把她娶進門吧。」

五十五、為什麼可以有薔薇大哥這種鄰居！怎麼樣才可以有薔薇大哥這樣的鄰居！

「別崩潰。」韋司宸淡淡地說：「不過，這問題我好像回答過了。」

五十六、薔薇大哥你的鎖骨好性感可不可以讓我咬一口？

「咬吧。」韋司宸直接敞開領口。

（現場的女性生物表示昏倒在鼻血中）

五十七、雪築妳不覺得司宸和靖祐很配嗎？

「咦？很配？」雪築似乎不太懂腐女的想法，「我是覺得他們如果能好好當朋友，一定也不錯。所以，應該蠻配的吧！」

雪築，她說的「配」不是那個意思啊……

五十八、請問兩位初吻的感覺怎麼樣？

「我……」雪築遮臉。

「很甜。」韋司宸的笑容看起來很滿意。

「咦？」

「妳很甜。」

不要趁機放閃啊！

五十九、花蝴蝶的專長烹飪是天賦還是後天培養呢？可以拜師嗎？

「嗯……爸媽從小就有教我一點，但我自己也學得比較快，所以算是都有吧！」雪築笑了笑，「拜師嗎？可以請我爸媽教妳喔！」

六十、求爸爸和媽媽告白的場景！好喜歡爸爸啊，我最喜歡的角色了！成熟男人的魅力無法抵擋！

一向直爽的伯父看起來有點害羞，「呃……我怎麼跟老婆告白啊？其實一點也不浪漫，只不過是在陪她從補習班走回家的路上告白而已，不過……」

伯母笑著接話：「不過，韋老闆真摯的樣子勝過很多人喔。」

「嘖，妳是說那些追妳的醫學院學長嗎？」

「是啊！雖然我也不理解為什麼我不選未來的醫生，呵呵。」

「哼，那當然是因為我比他們有前途囉。」

「是、是！」

身後，雪築和韋司宸看著他們，前者燦笑，後者抿起恬淡笑意。

「……他們的感情真的很好呢！」

六十一、書裡有寫到的前男友，好奇他怎麼跟雪築相處的，跟靖祐的模式類似嗎？

「我的那位前男友……他是比涂靖祐靜一點的人，做事蠻低調的！」雪築想了想，露出了像在回憶過去的笑容，「不過，他們都很溫柔。」

六十二、那個被打斷告白的學弟後來有怨恨靖祐或雪築嗎？畢竟有點難堪。

「唔，其實他一直很敬愛涂靖祐，雖然這件事的確讓他淡出社團，但我想應該不至於討厭我們。」雪築斂下眸子，「可我還是覺得蠻對不起他的。」

六十三、薔薇大哥老爸的欠揍性格是如何養成的？薔薇大哥的老媽是怎麼治他的？或者其實他只是喜歡玩兒子？

「我祖父他……」韋司宸遠目。

「怎麼治他？就是比他更欠揍囉。」伯母揚笑。

「……」雪築覺得這家人似乎很不簡單啊。

六十四、薔薇大哥的學生時代是什麼樣子呢？

「唉，那陣子一堆女生會在我們家樓下假裝巧遇，我真是累斃了。」伯父感嘆道。

「……少來，你明明多看了女學生幾眼。」

六十五、如果雪築真的跟靖祐一直走下去了會怎麼樣呢？

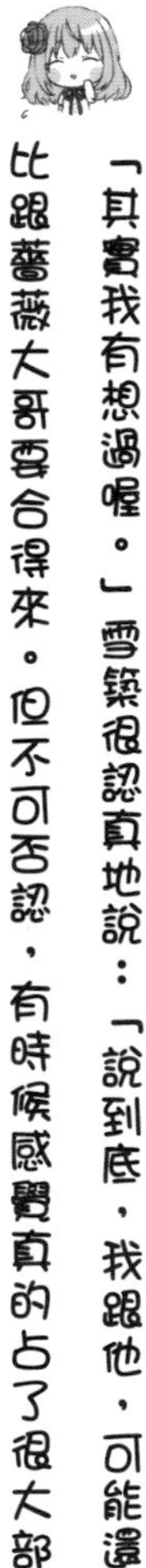

「其實我有想過喔。」雪築很認真地說：「說到底，我跟他，可能還比跟薔薇大哥要合得來。但不可否認，有時候感覺真的占了很大部分，能不能跟這個人在一起到最後，或許自己也隱約會知道。總之，如果真的能跟涂靖祐走下去，我們也會幸福吧？只不過這不是我要的幸福，如此而已。」

六十六、薔薇大哥跟花蝴蝶度過初夜後有什麼感想？

〈系統提示〉花蝴蝶已下線。

六十七、如果冥婚的事情不能取消，韋大哥會放棄跟花蝴蝶長相廝守的機會嗎？抑或娶兩個老婆？

「這件事我會交給花蝴蝶決定。如果她不能接受，我會放手。」韋司宸拍了拍雪築的頭，「不過，我想我們一定能解決所有問題的。」

六十八、司宸與雪築，你們會替未來的孩兒取什麼名字？為什麼？

「我、我還沒打算……」

抱緊羞紅臉的雪築，韋司宸淡定回答：「可能會請那老頭幫忙取吧？他雖然不靈光，但名字還挺會取的。」

「……你是在稱讚自己的名字嗎？」

六十九、雪築有偶像嗎？請問是哪個類型的？

「我還好耶，各種音樂都會聽，也沒有什麼特別崇拜的偶像。」她笑了笑。

七十、小露後來過得如何，有沒有遇上只關心她的男孩，蠻喜歡這個小女孩的，希望她也能擁有屬於情人間的幸福。

「小露後來上了大學，也遇到一個不錯的男生，但還沒有開始交往。」雪築回想起小露上次跟她說的話，「不過，她是個聰明的孩子，我相信她會做出自己不後悔的選擇的！」

【後記】

大家好，我是凝微！

沒想到又以薔薇的故事跟大家在書中見面了，真的很開心呀！這次非常感謝秀威出版社和齊安責編，能讓它有機會呈現在大家面前；當然也很謝謝妳們願意支持這本特別篇，無論是以什麼形式翻閱這本書，我都很由衷地感謝妳們！

而在這本《花藏的秘密》中，主要是想呈現一些漏網鏡頭，讓大家看看主角們的回憶，希望你們能更了解角色在生命中發生的小契機！

最後，是特地為大家準備的「真心話問與答」單元啦！其中收錄了讀者提出的問題，由薔薇的角色來為大家一一解答！雖然，可能不一定會得到滿意的答

案，但光是聽大哥講話就很幸福了吧？（誰說的）

其實呢，能準備這些小故事回饋給大家我也很高興！在本傳《薔薇鄰人》出版後，我獲得了很多幸福。一路走來，真的很感謝大家的支持，我也會把每個人的感想好好放在心裡。雖然我還有很多不足的地方，但是，我一定會繼續努力，把我喜歡的故事分享給喜歡凝微的妳們！（笑）

最後，我來偷偷預告一下：我在近幾個月會有新作品跟大家見面哦！書名暫定為《思念未歸》，是個跟《薔薇鄰人》截然不同的故事，我自己很喜歡，到時候希望妳們也會喜歡唷。

跟我一起期待這本新故事吧！愛妳們啾啾。

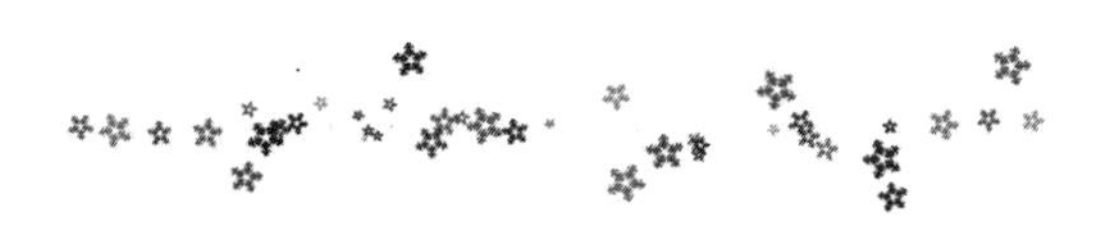

對了對了，我在台北國際書展會和繪師妍舞一起舉辦《薔薇鄰人》的見面會！現場會準備獎品給大家，也有書可以買，希望到時候能見到妳們，也希望妳們玩得開心喔！

凝微

要青春13　PG1765

要有光 FIAT LUX

薔薇鄰人番外：

花藏的秘密

作　　者	凝　微
插　　畫	妍　舞
責任編輯	喬齊安
圖文排版	周妤靜
封面設計	蔡瑋筠

出版策劃	要有光
製作發行	秀威資訊科技股份有限公司 114 台北市內湖區瑞光路76巷65號1樓 電話：+886-2-2796-3638　傳真：+886-2-2796-1377 服務信箱：service@showwe.com.tw http://www.showwe.com.tw
郵政劃撥	19563868　戶名：秀威資訊科技股份有限公司
展售門市	國家書店【松江門市】 104 台北市中山區松江路209號1樓 電話：+886-2-2518-0207　傳真：+886-2-2518-0778
網路訂購	秀威網路書店：http://www.bodbooks.com.tw 國家網路書店：http://www.govbooks.com.tw
法律顧問	毛國樑　律師
總 經 銷	易可數位行銷股份有限公司 地址：231新北市新店區寶橋路235巷6弄3號5樓 電話：+886-2-8911-0825　傳真：+886-2-8911-0801 e-mail：book-info@ecorebooks.com 易可部落格：http://ecorebooks.pixnet.net/blog

出版日期	2017年2月　BOD一版
定　　價	180元

Printed in Taiwan

國家圖書館出版品預行編目

薔薇鄰人番外：花藏的秘密 / 凝微作. -- 一版.
-- 臺北市：要有光, 2017.02
面； 公分. -- (要青春；13)
BOD版
ISBN 978-986-94298-4-9(平裝)

857.7 106001039

讀者回函卡

感謝您購買本書，為提升服務品質，請填妥以下資料，將讀者回函卡直接寄回或傳真本公司，收到您的寶貴意見後，我們會收藏記錄及檢討，謝謝！

如您需要了解本公司最新出版書目、購書優惠或企劃活動，歡迎您上網查詢或下載相關資料：http:// www.showwe.com.tw

您購買的書名：________________________________

出生日期：________年________月________日

學歷：□高中（含）以下　□大專　□研究所（含）以上

職業：□製造業　□金融業　□資訊業　□軍警　□傳播業　□自由業

　　　□服務業　□公務員　□教職　□學生　□家管　□其它_____

購書地點：□網路書店　□實體書店　□書展　□郵購　□贈閱　□其他

您從何得知本書的消息？

□網路書店　□實體書店　□網路搜尋　□電子報　□書訊　□雜誌

□傳播媒體　□親友推薦　□網站推薦　□部落格　□其他__________

您對本書的評價：（請填代號　1.非常滿意　2.滿意　3.尚可　4.再改進）

封面設計____　版面編排____　內容____　文／譯筆____　價格____

讀完書後您覺得：

□很有收穫　□有收穫　□收穫不多　□沒收穫

對我們的建議：________________________________

____

____

____

請貼
郵票

11466
台北市內湖區瑞光路 76 巷 65 號 1 樓
秀威資訊科技股份有限公司 收
BOD 數位出版事業部

（請沿線對折寄回，謝謝！）

姓　　名：＿＿＿＿＿＿＿＿　年齡：＿＿＿＿　性別：□女　□男

郵遞區號：□□□□□

地　　址：＿＿＿＿＿＿＿＿＿＿＿＿＿＿＿＿

聯絡電話：(日)＿＿＿＿＿＿＿＿(夜)＿＿＿＿＿＿＿＿

E-mail：＿＿＿＿＿＿＿＿＿＿＿＿＿＿＿＿